I0686688

L'OMBRE

DE

MOLIERE.

Comedie.+

Quoi que cette Comedie ne soit pas de Monsieur de Moliere, on a crû qu'il étoit à propos, pour la satisfaction du Lecteur, de la mettre à la fin de ses Oeuvres, comme on a fait dans les Editions precedentes, pour ne pas supprimer une Piece de Theatre, qui est toute à l'avantage de cet illustre Auteur, & qui a tant de rapport avec plusieurs Personnages de ses Comedies.

par P. Vécourt comedien.

en libre Moliere

Tome VIII.   N

'A SON ALTESSE

SERENISSIME

MONSEIGNEUR

LE DUC

D'ENGUIEN.

ONSEIGNEUR,

Voici l'Ombre DE MOLIERE; *c'est une Comedie dont le bon heur sera parfait, si V. A. S. l'honore du moindre coup d'œil. Sans l'autorité que me donne un long usage, je ne hazarderois pas de mettre vôtre illustre Nom à la tête d'un Livre, lors qu'il va si glorieusement éclater à la tête*

EPISTRE.

des Armées. Alexandre mettoit Homere sous son chevet; Scipion & Lélie honorerent Térence de leur estime: mais sans le secours de ces Exemples, il suffit de celui de V. A. S. pour justifier que les Armes & les Lettres n'ont rien d'incompatible, & que le Cabinet & le Camp peuvent être Amis. Souffrez donc, MONSEIGNEUR, que les Oeuvres de MOLIERE tiennent quelque rang dans vôtre Bibliotheque, & que ma Comedie soit une espece de Table pour les siennes.

DE V. A. S.

MONSEIGNEUR,

Le tres-humble & tres
obeïssant serviteur,
BRECOURT.

Extrait du Privilege du Roi.

PAR Grace & Privilege du Roi, donné à Versailles le douziéme Avril 1674. Signé, par le Roi en son Conseil, LENORMANT: Et scellé du grand Sceau de cire jaune: Il est permis à CLAUDE BARBIN, Marchand Libraire à Paris, d'imprimer, faire imprimer, vendre & debiter une Piece de Theatre, intitulée L'OMBRE DE MOLIERE. Comedie en Prose: Et défenses sont faites à toutes Personnes, de quelque qualité & condition qu'elles soient, d'imprimer, ou faire imprimer, vendre ny debiter ladite Piece de Theatre, sans le consentement de l'Exposant, ou de ceux qui auront droit de lui, pendant le tems & espace de cinq années, entieres & accomplies, à compter du jour que ladite Piece sera achevée d'imprimer pour la premiere fois, à peine contre chacun des contrevenans, de trois mil-livres d'amende, confiscation des Exemplaires contrefaits, & de tous dépens, dommages & interêts, ainsi que plus au long, il est porté esdites Lettres de Privilege.

Régitré sur le Livre de la Communauté, suivant l'Arrest de la Cour.

D. THIERRY, Syndic.

Achevé d'imprimer pour la premiere fois le deuxiéme May 1674.

ACTEURS.

DEUX OMBRES.
CARON.
LE POETE.
PLUTON.
RADAMANTE.
MINOS.
MOLIERE, Poëte Comique.
LA PRETIEUSE de la Comedie des
  Prétieuses.
LE MARQUIS DE MASCARILLE
  de la même Comedie.
LE COCU du Cocu imaginaire.
NICOLE du Bourgeois Gentil homme.
POURCEAUGNAC de la Comedie de
  Pourceaugnac.
MADAME JOURDAIN du Bourgeois
  Gentil-homme.
QUATRE MEDECINS de la Comedie
  des Medecins.
L'ENVIE.

La Scene est dans les champs Elisées.

PROLOGUE
DE L'OMBRE
DE MOLIERE.

ORONTE, CLEANTE.
ORONTE.

Oint, vous dis-e: C'est une taillerie qu'on vous afaite de moi.

CLEANTE.

Je vous dis que je suis seur de la chose.

ORONTE.

C'est quelqu'un qui a voulu se divertir à mes dépens, vous dis-je

CLEANTE.

Ah! que vous êtes reservé.

ORONTE.

Mais que vous êtes folâtre avec vôtre Comedie! C'est bien à moi à entreprendre de ces Ouvrages? Non, non, Cleante, je me connois; & si parmi mes amis je me laisse aller à produire quelque Epigramme, quelque Madrigal, ou de semblables bagatelles, croiez que cela ne m'a point donné allez bonne opinion de moi pour entreprendre un Ouvrage, que l'on puisse appeller Comedie. C'est un pas à la verité, que presque tous les Gens franchissent aisement; & il semble qu'il suffise d'avoir fait à plusieurs reprises une certaine quantité de mediocres ou de mé-

chans Vers, pour se donner avec beaucoup d'im-
punité le nom d'Auteur ; & sous ce titre, on ha-
zarde librement un assemblage de Caractères
bien ou mal fondez, d'Incidens amenez à force,
& de Galimatias redoublez, que l'on baptize
effrontement du nom de Comedie. Voilà par où
plusieurs honnêtes Gens ont échoüé dans le monde ; & sur leur exemple je ne hazarderai point,
mon cher Cleante, de perdre un peu d'estime que
d'autres talens que la Poësie m'ont acquise. Quand
on peut faire quelque chose de mieux qu'une mé-
chante piece, on ne doit point travailler à cet
Ouvrage ; & quoi qu'on entreprenne, si l'on ne
peut y reüssir parfaitement, il vaudroit encore
mieux ne rien faire du tout.

CLEANTE.

Je vous trouve admirable, Oronte, avec tous ces
justes & beaux raisonnemens ! Mais ce qui m'en
plaît le plus, c'est de vous voir si bien condam-
ner aux autres une démangeaison dont vous n'a-
vez pû vous défendre. Oüi, morbleu, je vous dis
que vous avez fait une Comedie.

ORONTE.

Moi ?

CLEANTE.

Vous l'avez donnée à étudier déja.

ORONTE.

Encore ?

CLEANTE.

C'est une petite piece en Prose.

ORONTE.

Bon.

CLEANTE.

Et les Comediens qui la representeront, sont ca-
chez là haut dans vôtre chambre, pour la repe-
ter aujourd'hui. Là, rougissez à présent qu'on
vous met le doit sur la piece. Hé ?

ORONTE.

Comment avez vous ſçû cela ?

CLEANTE.

Ah ! comment je l'ai ſçû ? Que me donnerez-vous, & je vous le dirai ?

ORONTE.

Hé, de grace, dites-moi qui m'auroit pû trahir ? C'eſt une choſe que je n'ai confiée qu'à mon Frere, & à ma Femme.

CLEANTE.

Socrate ſe repentit d'avoir dit ſon ſecret à la ſienne : Mais ce n'eſt point de la vôtre dont j'ai appris ceci ; & pour vous tirer d'inquietude, ſçachez que le hazard, & vôtre peu de ſoin, m'ont appris que vous aviez fait une Comedie. Vous connoiſſez vôtre écriture apparemment, puiſque je la connois auſſi. Tenez. *L'OMBRE DE MOLIERE, petite Comedie en Proſe.* Eh ?

ORONTE.

Ah Cleante ! je vous l'avouë, puiſque vous le ſçavez : Je m'y ſuis laiſſé aller ; il eſt vrai ; vous tenez mon Ouvrage ; C'eſt une petite piece de ma façon, & vous étes trop de mes amis, pour ne vous le pas dire.   CLEANTE.

Ah ! je vous ſuis trop obligé vraiment, & vous m'avez confié ce ſecret de trop bonne grace pour ne vous en pas témoigner ma reconnoiſſance.

ORONTE.

Que vous étes fou ! Donnez donc. C'eſt une bagatelle que je n'ai pas jugé digne d'entrer dans vôtre confidence ; & pour vous le dire franchement, c'eſt l'effet de quelques heures de mélancolie qui m'ont fait griffonner ce petit Ouvrage. Vous ſçavez que j'eſtimois Moliere, & cette Piece n'eſt autre choſe qu'un Monument de mon amitié que je conſacre à ſa memoire. La maniere dont il

N v

paroît dans ma Comedie, je represente naturellement comme il étoit, c'est à dire comme le cen-
seur de toutes les choses déraisonnables, blâmant
les sottises, l'ignorance & les vices de son siecle.

CLEANTE.

Il est vrai qu'il a heureusement joüé toutes sortes
de matieres ; & son Theatre nous a servi long-
tems d'une divertissante & profitable Ecole.

ORONTE.

Il étoit dans son particulier, ce qu'il paroissoit
dans la Morale de ses pieces ; honnête, judicieux,
humain, franc, genereux ; & méme, malgré ce
qu'en ont crû quelques esprits mal-faits, il tenoit
un si juste milieu dans de certaines matieres, qu'il
s'éloignoit aussi sagement de l'excés, qu'il sçavoit
se garder d'une dangereuse mediocrité. Mais la
chaleur de nôtre ancienne amitié m'emporte, &
je m'apperçois qu'insensiblement je ferois son Pa-
negyrique, au lieu de vous demander quartier.
J'ai plus besoin de grace, que sa memoire de
loüange : c'est pourquoi, cher Cleante, je vous re-
demande ma Piece : Mais puisque vous étes ici,
honorez-la de vôtre attention, & ne la regardez,
je vous prie, que comme une chose que j'ai dé-
diée à la seule memoire de mon ami.

CLEANTE.

Allez, Oronte, quelque chose que ce soit, le seul
sentiment qui vous l'a fait entreprendre, vous doit
assurer de la reüssite de vôtre Ouvrage ; & rien
n'est plus honnête à vous, que de montrer au
public avec quelle justice vous estimiez un si
grand Homme.

ORONTE.

Ne me faites pas rougir davantage, Cleante ; &
venez seulement donner vôtre avis sur nôtre re-
petition.

Fin du Prologue.

L'OMBRE

DE

MOLIERE.

SCENE PREMIERE.

Le Theatre s'ouvre par DEUX OMBRES, qui en danſant, apportent chacune un morceau de tout ce qui peut former un Tribunal; & aprés l'avoir dreſſé, elles ſe diſputent un Balai pour nettoïer ce lieu, où Pluton ſe doit venir rendre bien-tôt.

PREMIERE OMBRE.

DONNE', donne-moi ce Balai.
2. OMBRE.
Je n'en ferai rien, c'eſt à moi à ba-laïer ici : Pluton y va venir, je veux que tout ſoit net & propre comme il faut.

1. OMBRE.

Oüi, mais je te difpute cet honneur ; cela m'ap-
partient mieux qu'à toi.

2. OMBRE.

Et par quelle raifon ?

1. OMBRE.

Par la raifon que quand j'étois en l'autre Monde, je me fuis fi bien acquitté de mon emploi,
que je merite bien en celu-ici l'honneur de l'e-
xercer encore.

2. OMBRE.

Et quel merite avois-tu plus que moi en l'autre
Monde ? N'étions-nous pas Laquais tous deux ?

1. OMBRE.

Oüi, mais il y a Laquais, & Laquais.

2. OMBRE.

Et qu'as-tu à me reprocher ? N'ai-je pas fidellement fervi tous les Maîtres à qui j'ai été ?

1. OMBRE.

Ai-je manqué en rien, moi, à tout ce que les
miens m'ont commandé ? Et quand je fervois,
par exemple, cet illuftre & fameux Tailleur, m'a-
t'on jamais vû lui friponner la moindre guenille
des chofes qu'il déroboit ?

2. OMBRE.

Et quand je fervois, moi, mon petit grifon de
Procureur, m'a-t'on jamais vû abufer des fecrets
qu'il me confioit, ni reveler aucune des fripon-
neries qu'il faifoit à fes Parties ?

1. OMBRE.

M'a-t'on vû manquer jamais à la fidelité que j'ai
dûë à une Maîtreffe coquette que je fervois, ni
avertir fon Mari que je portois tous les jours des
Billets doux à fes Galans ?

2. OMBRE.

Et durant les quatre années que j'ai servi ce fameux Empirique, m'a-t'on jamais oüi dire le moindre mot des Poisons qu'il compoſoit, & de toutes les vies qu'il vendoit par ce moïen au plus offrant & dernier encheriſſeur?

1. OMBRE.

Tout beau; Le ſecret de faire mourir les Gens a quelque rapport avec la Medecine, & nous ne ſerions pas bien venus à enfiler ce diſcours. Nous nous échaperions peut-être à parler contre les Medecins en parlant des morts. Tu ſçais que ces Meſſieurs ſont un peu vindicatifs, & que depuis quelque tems ſur tout, nous en avons ici qui ne prêchent que la vengeance de ceux qui n'ont pas voulu mourir par leurs mains; Et s'il arrive que nôtre grand Pluton leur accorde quelque empire en ces lieux, comme ils le pretendent, ils pourroient bien étendre leur colere juſques ſur nous, pour n'avoir pas parlé d'eux avec tout le reſpect qu'ils attendent. C'eſt pourquoi nous ferons mieux de nous taire.

2. OMBRE.

A propos, c'eſt donc pour ces Meſſieurs que la Fête ſe fait, & que nous venons tout preparer ici?

1. OMBRE.

Je ne ſçai ſi c'eſt pour d'autres, ou pour eux; mais je ſçai bien que Pluton s'y doit rendre bientôt pour juger une grande affaire. C'eſt pourquoi, ſi tu m'en crois, au lieu de quereller, & de diſputer de nos avantages, nous prendrons chacun un Balai, & nous nettoïerons enſemble, pour avoir plûtôt fait. Auſſi bien je voi trop d'orduсе ici pour un ſeul Balaïeur.

2. OMBRE.

Tu as raifon; mais j'entens du bruit; Seroit-ce
déja Pluton ?

1. OMBRE.

Attens: Non, non, ce n'eft pas lui encore ; c'eft
Caron avec le Genie du Poëte Doucet. Je croi
qu'ils n'auront jamais fini leur querelle.

2. OMBRE.

A qui en a Caron auffi, de tourmenter inceffam-
ment ce pauvre Genie ?

1. OMBRE.

Il faut bien qu'il lui ait fait quelque chofe.

SCENE II.

CARON, LE POETE,
LES DEUX OMBRES.

CARON.

Que font-là ces Coquins ? Allons, tout eſt
il net ?

1. OMBRE.

Oüi, Meſſieurs, & vous pouvez quereller ici
fort proprement.

CARON.

Quoi ! tu ne me laiſſeras pas en repos ? Veux-tu
te retirer ?

LE POETE.

Helas, Caron, helas !

CARON *le raillant ſur le
même ton.*

Helas, Caron ! helas ! A qui diable en as-tu avec
tes piteux helas ?

LE POETE.

Quoi ! me laiſſer ſecher ainſi dans les Champs
Eliſées. N'as-tu point quelque endroit à me
mettre, & dois-je reſter parmi les Ombres er-
rantes ?

CARON.

Et où veux-tu que je te fourre, mal-heureux Genie que tu es ? Veux-tu que je te mette parmi les
Poëtes ? Cela eſt indigne de ton merite. Que je
t'aille nicher auſſi parmi des Heros ; Ma foi,

tu les as un peu trop bien accommodez, pour croire qu'ils s'accommodaſſent de toi.

LE POETE.

Et quel outrage leur ai-je fait ?

CARON.

Ce que tu leur as fait ? Ma foi, tu les as fait de fort jolis garçons ; & principalement les Heros Grecs ont grand beſoin de ſe loüer de toi. Tu les as ſi bien barboüillez, qu'ils n'ont plus beſoin de maſque au Carnaval pour ſe déguiſer.

LE POETE.

Que tu fais le plaiſant mal à propos !

CARON.

Tu as raiſon, mais ce n'eſt que depuis que nous nous voïons. Ce Faquin, ſans me connoître, m'a ſi bien traduit en Diſeur de bons mots, que l'on me chante en l'autre Monde comme un Ope-rateur croteſque, moi qui à force d'entendre des lamentations, dois être triſte comme un bon-net de nuit ſans coëffe. Hé bien ! tenez, ne voi-là-t il pas encore ? Un bonnet de nuit ſans coëf-fe ! Depuis que je connois cet Animal, je ne dis que des ſottiſes. Il me prend envie de te mettre aux mains avec Virgile, il t'apprendra à me con-noître.

LE POETE.

Helas, Caron, helas !

CARON.

Encore ? Ma foi, je te baillerai de ma Rame ſur les oreilles.

LE POETE.

Peux-tu traiter avec tant de rigueur un Genie qui a paſſé pour la douceur même ?

CARON.

Hé tu n'étois que trop doux, mon Enfant, & un peu de ſel t'auroit fait grand bien. Mais je

suis las de t'entendre ; nous avons bien d'autres
affaires; Adieu, va te promener. Ne vas pas gâter
nos belles allées au moins, ni t'amuser à cüeillir
nos Lauriers. Ce n'est pas viande pour tes oiseaux,

LE POETE.

Où veux-tu donc que j'aille ?

CARON.

Promene-toi sur l'Egoût ; & si la faim te prend,
on te permet de manger quelques Chardons pour
te rafraichir la bouche.

LE POETE.

Helas ! Car...

CARON.

Ah , le Bourreau ! Tu ne sortiras pas ? Allons ,
Balaïeurs faites vôtre charge; Voici Pluton ; &
cet animal n'a que faire ici.

*Les Ombres chassent le Poëte avec les manches
de leurs Balais.*

SCENE III.

PLUTON, RADAMANTE, MINOS; L'ENVIE, CARON.

PLUTON *aſſis dans ſon Tribunal.*

C'A, il eſt donc queſtion de rendre juſtice au-jourd'hui. Fais venir l'accuſé, Caron : & que l'Envie ameine les Complaignans. Nous avons donc bien des affaires, Meſſieurs.

RADAMANTE.

Sans doute, & il nous eſt arrivé aujourd'hui une Ombre qui nous va bien donner de la beſogne.

MINOS.

Ce ne ſera pas une bagatelle que cet affaire-ci.

PLUTON.

Comment ?

MINOS.

Je vai vous inſtruire de tout, afin que vous n'aïez pas la peine tantôt d'interroger les Parties. Il y avoit autrefois là-haut un certain homme qui ſe mêloit d'écrite, à ce qu'on dit ; mais il s'étoit rendu ſi difficile, que rien ne lui ſembloit parfait. Il ſe mit d'abord à critiquer les façons de parler particulieres ; Enſuite il donna ſur les habillemens ; De là il attaqua les mœurs, & ſe mit inconſiderement à blâmer toutes les ſottiſes du monde ; Il ne pût jamais ſe réſoudre à ſouffrir tous les abus qui s'y gliſſoient. Il dévoila le myſtere de chaque choſe, fit connoître publiquement quel interêt faiſoit agir les hommes, & fit ſi bien enfin, que par les lumieres qu'il en donnoit, on commençoit de bonne foi à trouver preſque toutes les choſes de la vie un peu ridicules. Il n'y eut pas juſqu'à la Medecine même qui n'eut part à ſa Cenſure ; & ce fut une des choſes qu'il toucha le plus ſouvent, & ſçût ſi bien reüſſir en cette matiere, que pour peu qu'il l'eût traitée encore, il y auroit eu lieu de craindre pour les Medecins qu'ils n'euſſent accompli pour une ſeconde fois quelque petit baniſſement de ſix cens années.

PLUTON.

Cela nous auroit fait grand tort.

MINOS.

Et c'eſt ſon arrivée ici qui cauſe cette Audience, qui ſans doute ne ſera pas ſans difficulté. Chacun prétend avoir ſujet de ſe plaindre de lui : Lui qui pretend n'avoir offenſé perſonne ; Au contraire de la maniere dont il parle, il ſemble que tout le monde lui ſoit obligé, & même il en donne d'aſſez bonnes raiſons, & voilà qui eſt embaraſſant.

PLUTON.

Tu l'as donc vû ?

MINOS.

Je viens de l'entretenir il n'y a qu'un moment ;

PLUTON.

Où l'as-tu laiſſé ?

MINOS.

Dans l'Allée des Poëtes, ou il a trouvé l'Eſprit de Terence & celui de Plaute, avec qui il ſe divertit.

PLUTON.

Il faudra entendre les raisons de chacun. Qu'on
les fasse venir ; mais faites-les moi paroître sous
les mêmes figures qu'ils avoient en l'autre Monde, afin de les mieux discerner.

RADAMANTE.

Voici déja l'Accusé que Caron vous ameine.

PLUTON.

Où sont les Complaignans ?

MINOS.

L'Envie les doit conduire ici.

SCENE IV.

MOLIERE, CARON, PLUTON, RADAMANTE, MINOS.

CARON.

JE n'y puis plus tenir ; Jamais il ne s'est vû
tant d'Ombres en un jour ; & la Porte va rom-
pre, si vous n'y donnez ordre.

TOUTES LES AMES.

Caron.....

CARON.

Entendez-vous comme on m'appelle ? Dés qu'ils
ont vû que je faisois entrer cette Ombre, ils ont
pensé me devorer.

TOUTES LES AMES.

Caron....

CARON.

On y va. Ordonnez donc ce que vous voulez
que je laisse entrer.

TOUTES LES AMES.

Caron....

PLUTON.

Hé patience. Qui font-ils tous ces gens-là ?

CARON.

Ce font des Précieuses, des Bourgeoises, des Marquis ridicules, des Femmes ſçavantes, des Avares, des Hypocrites, des Jaloux, des Cocus & des Medecins.

PLUTON.

En voilà trop pour un jour. Qu'il n'en vienne qu'une partie.

CARON.

J'oubliois encore un Limoufin, dont l'efprit eft affez materiel pour fervir de Corps en un befoin.

PLUTON.

Fais les entrer felon le rang qu'ils auront à la porte, Radamante, prens le rôle pour écrire les noms des Complaignans. Ç'a, qui eft celle-ci ?

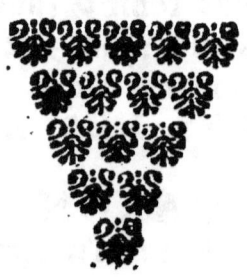

SCENE V.

LA PRETIEUSE, CARON,

PLUTON, MOLIERE,

MINOS, RADAM.

CARON.

Vous l'allez reconnoître à son langage.

LA PRETIEUSE.

Grand Monarque des sombres Habitations, plaî-se aux Destins que vous prêtiez attentivement le sens auriculaire de vôtre Justice aux éloquentes articulations de nos clameurs, & que par le triste visage de nôtre ame vous puissiez être penetré de nos unanimes sentimens.

PLUTON.

Quel langage est-ce là?

CARON.

C'est le franc Prétieux.

PLUTON.

Voilà un beau jargon, vraiment. Ecoutons.

LA PRETIEUSE.

La surprenante horreur de nôtre accablement coûtera, sans doute, quelque égarement à la grandeur de vôtre ame. Vous voïez à vos ge-noux une Addition de Prétieuses qui vous en re-presente le Corps, pour faire pancher en leur fa-veur l'équilibre de vôtre Justice contre le mate-

tiel échapement de ce Chronologiste scandaleux.
Bien que la vengeance ne soit pas d'une ame du
premier Ordre, lors que l'outrage a pris le vif,
c'est une foiblesse de se laisser aller aux tendres
émulations d'une pitié seduite par les vaines er-
reurs de l'ostentation.

PLUTON.

Ma foi, je n'y entens goute.

LA PRETIEUSE.

La ferocité de cet esprit sauvage a si bien donné
la chasse au gibier de nôtre éloquence, que l'in-
digestion de nos pensées n'ose plus trouver le sup-
plément de nos expressions. Il nous a si bien at-
teintes du crime d'absurdité, que nous en parois-
sons presque convaincuës par tout le pied-d'estal
du bas monde. Pardonnez, grand Monarque, si
j'ose vous parler si vulgairement, & si toutes nos
penséesne sont pas revétuës d'expressions nobles
& vigoureuses.

PLUTON.

Hé, il n'y a point de mal à cela, au contraire,
on ne se pique pas ici de beau langage. Dites un
peu naturellement vôtre affaire, car foi de Dieu
d'ici bas je n'y ai rien compris encore.

LA PRETIEUSE.

Se peut-il faire que vôtre noire Majesté ait la
forme si enfoncée dans la matiere ?

PLUTON.

Ma foi, je ne vous entens pas.

LA PRETIEUSE.

Quoi ! la dureté de vôtre Comprehension ne peut
être amollie par le concert éclatant des rares
qualitez de vos vertus sublimes ?

PLUTON.

Je ne sçai ce que c'est que tout cela, mais j'au-

rai foin de vous rendre justice. Paffez sur les ai-
les de mon Trône.

LA PRETIEUSE.

Quoi Monarque enfumé ! vous répandrez de vos
propres bontez sur le gemissement de nos alter-
cations ?

PLUTON.

Cela se pourra bien ; mais laissez-nous un peu
travailler à d'autres jugemens. Minos, écris-là
sur le rôle, &, me fais ressouvenir de tout ce
qu'elle a dit. Allons, que répons-tu à cette accu-
sation ?

MOLIERE.

Rien, & cette matiere est indigne de moi.

PLUTON.

Hé bien, que quelqu'autre entre donc, on jugera tout ensemble.

CARON.

Allons, que le plus proche de la porte vienne.

SCENE VI.

LE MARQUIS, CARON, PLUTON,

MINOS, RADAMANTE,

MOLIERE.

PLUTON.

Ca, qui eſt celui-ci ?

LE MARQUIS à Moliere.
ſur un ton de fauſſet.

Ah parbleu! mon petit Monſieur, je ſuis bien
aiſe de vous trouver ici.

MOLIERE.

Qui es-tu, toi, pour me parler ainſi ?

LE MARQUIS.

Je ſuis un de ces Marquis ; mon Ami, que
vous tournez en ridicules.

MOLIERE.

Et où ſont les grands Canons que je t'avois
donnez ?

CARON.

Ils ſont reſtez à la porte, qui étoit trop étroite
pour les faire paſſer.

PLUTON.

Cà, que demandez-vous ?

LE MARQUIS.

Je demande juſtice pour mes Rubans, mes Plu-
mes, ma Perruque, ma Caleche, & mon Fauſſet,
qu'il a joüez publiquement.

Tom. VIII.   * n

PLUTON.

Que répons-tu ?

MOLIERE *chagrin.*

Rien.

PLUTON.

Aux autres ; passez , on vous jugera à loisir.

CARON *à l'entrée de la porte.*

Arrêtez-donc, vous n'entrerez pas.

PLUTON.

Qu'est-ce?

CARON.

C'est le plus fâcheux de tous nos Morts. Un Chasseur qui s'est cassé la tête sur son cheval Alezan , & qui ne parle à tout le monde que de gaulis , de gigots , de pieds , de croupe , & d'encolure.

PLUTON.

Fais donc venir qui tu voudras. Je commence à me lasser de tout ceci.

CARON.

Entrez , vous.

PLUTON.

Çà, qu'est-ce encore que cette grosse Ombre ci ?

CARON.

C'est l'Ombre d'un Cocu.

PLUTON.

L'Ombre d'un Cocu ? il faut que ce soit un Corps ! Parle, que veux-tu ?

SCENE VII.

LE COCU *Imaginaire*, MOLIERE,
PLUTON, CARON, MINOS,
RADAMANTE.

LE COCU.

Vous voïez en ma seule Ombre tout le
Corps des Cocus ; Vous les voïez ici en
moi, dis-je, affligez, outragez, & tout contrits
des affronts publics que ce grand Corps a receus
depuis que malicieusement cet ennemi juré de
nôtre repos nous a rendus le joüet de tout le
monde. Il n'est presque aucun mari qui n'ait
senti les traits picquans de sa satire ; & dépuis
qu'il s'est mêlé d'annexer le Cocuage à de cer-
tains maris, il se voit peu de familles où l'on ne
soit persuadé de trouver des Cocus de pere en fils.
Ce soupçon outrageant est devenu par son moïen
comme un Titre de Maison ; & il en a excepté
si peu de gens, que si je ne parle pour tout le
monde, il ne s'en faut guéres du moins. Voilà
dequoi se plaint nôtre illustre Corps, qui avant
sa scandaleuse médisance vivoit dans l'état de
la premiere innocence. Chacun vivoit content
de sa petite reputation ; Le scandale ne regnoit
point publiquement comme il fait ; & si l'on
avoit le malheur d'être Cocu, on avoit du moins
la douceur de l'être en son petit particulier.

Mais depuis qu'il a dévoilé les misteres secrets, ce n'est plus par tout qu'une gorge chaude des pauvres Maris. On en va à la moutarde, & plusieurs honnêtes Gens même ont pris en dos le Titre de Cocus, en signant leur Contract de Mariage. Si la discretion des Notaires n'étoit grande, quelqu'un de ces Messieurs en pourroit parler avec beaucoup de seureté. Voilà le desordre & le déreglement qu'il a mis en l'autre monde, dont nous demandons en celui-ci justice, vengeance, & reparation.

PLUTON à *Moliere*.

Qu'avez-vous à dire là-dessus ?

MOLIERE.

Rien ; je passe condamnation pour les Cocus, & j'ai trop mal reüssi dans cette affaire pour me pouvoir défendre. Quelque soin que j'aïe pris de faire horreur du Cocuage, j'avouë de bonne foi que c'est un vice dont je n'ai pû corriger mon siecle.

PLUTON.

Minos, mets-le sur le Rôlle. Allez, on va vous écrire. Qu'est-ce ? Qu'y a-t-il de nouveau ?

SCENE VIII.

CARON, PLUTON, MOLIERE,

MINOS, RADAMANTE.

CARON.

JE ne ſçai d'où nous eſt venu encore une plai-
ſante eſpece d'Ombre : Mais je croi, ſi l'on
pouvoit trépaſſer deux fois, qu'elle feroit mourir
de rire tous les morts d'ici-bas.

PLUTON.

Comment donc ?

CARON.

Elle rit de tout, & ne s'afflige de rien, pas
même d'étre veuë ici à la fleur de ſon âge.

PLUTON.

Cela eſt de bon ſens ; y venir tôt ou tard, c'eſt
toûjours y venir ; & comme l'uſage de la mort
eſt un peu de durée , on fait bien de s'y accoûtu-
mer de bonne heure. Mais qui eſt-elle cette
Ombre ?

CARON.

Ce n'eſt qu'une Servante.

PLUTON.

N'importe, fais-la entrer, il faut entendre tout
le monde.

CARON.

Allons , la Rieuſe , entrez.

SCENE IX.

NICOLE, PLUTON, MOLIERE,

MINOS, RADAMANTE,

CARON.

MOLIERE.

AH! c'est Nicole.

NICOLE *riant à gorge déployée.*

Hé : oüi, c'est moi. Quand j'ai appris que vous
étiez ici, par ma figue, ai-je dit en moi même,
il faut que j'aille voir ce pauvre Homme qui m'a
tant fait rire en l'autre monde.

MOLIERE.

Tu es donc bien aise d'être en celui-ci, Nicole, puisque tu ris si fort?

NICOLE.

C'est que vous m'avez appris à me moquer
de tout : Et puis franchement je ne suis pas trop
fâchée d'être ici, & je ne trouve point que la
Mort soit si dégoûtante que l'on se l'imagine.

PLUTON.

Et d'où vient que tu t'accommodes si aisément
d'une chose que les hommes trouvent si peu ai-
mable?

NICOLE.

C'est que je ne me souciois gueres de vivre,

PLUTON.

Quoi! tu n'étois pas bien aise de voir la lumiere.

NICOLE.

Non, car je ne faifois tous les jours que la même chofe, dormir, boire & manger, & il me fem-
ble que le plaifir de la vie eft de changer quelquefois. A cette heure, voulez-vous que je vous di-
fe? il y a une certaine égalité parmi les Morts qui
ne me déplaît pas. Je ne voi perfonne ici qui foit
plus grand Seigneur l'un que l'autre, & j'ai penfé
étouffer de rire, quand j'ai rencontré en venant
mille fortes de gens qui fe defefperoient. Un ri-
che Banquier pâle & maigre, qui enrévoit de s'ê-
tre laiffé mourir de faim. Un Amoureux qui s'é-
toit tué pour une Maîtreffe qui ne l'aimoit point.
Un Alchimifte qui enrageoit d'avoir paffé fa vie
en fumée; mais entr'autres chofes, des Dames
qui pleuroient de me voir affife auprés d'elles.
D'autres qui s'affligeoient de n'avoir plus de toi-
lettes, de miroirs, & de petites boëttes. Il n'y
a rien de plus plaifant que de les voir fans rouge,
fans mouches, & fans cheveux; avec leur grand
front chauve, leurs yeux creufez, & leurs jouës
décharnées, vous les prendriez pour des Carê-
mes-prenans. Enfin la plus belle & la plus laide
fe reffemblent comme deux gouttes d'eau.

PLUTON.

Il n'eft pas queftion de cela. Qu'avez-vous à
dire contre l'Accufé?

NICOLE.

Moi? Par ma figue, je n'ai rien à dire contre
lui, c'eft une bonne Ombre; & tenez Monfieur
Pluton, c'eft peut-être la meilleure piece de vôtre Sac.

PLUTON.

Que voulez-vous donc?

NICOLE *riant*.

Monfieur, je viens vous prier...

PLUTON.

Hé ?

NICOLE *riant*.

Je viens vous prier , Monſieur....

PLUTON.

Et là dites donc ?

NICOLE *riant toûjours*.

Je viens vous prier , Monſieur.... de me....
laiſſer.... de me laiſſer... de me laiſſer....

PLUTON *la contrefaiſant*.

Et moi, ma Mie, je vous prie de nous laiſſer...
de nous laiſſer.... de nous laiſſer.... de nous laiſſer en repos , s'il vous plaît.

NICOLE *éclatant de rire*.

Monſieur, je vous prie.... s'il vous plaît... de
m'accorder le plaiſir.... le plaiſir de rire tout mon
ſou , de vous, & de vôtre roïaume.

PLUTON.

Otez-moi cette Impudente. Qu'eſt-ce encore?
Je n'en veux plus entendre ; Qu'on me laiſſe en
repos ; l'Audiance eſt finie . & je vais prononcer.

CARON.

Hé , c'eſt l'Ombre de Pourceaugnac , ce brave
Limouſin ; Elle n'a qu'un mot à vous dire.

PLUTON.

Hé bien qu'il entre. Ah quelle peine ! Ne ſera-
ce jamais fait ?

SCENE X.

POURCEAUGNAC, PLUTON, MOLIERE,

MINOS, RADAM.

CARON.

POURCEAUGNAC.

GRand Roi des Morts, vous me voïez ici,
Député de la part de tous les Limousins
trépassez, qui vous demandent qu'il leur soit
permis d'ajourner cette Ombre leur partie par-
devant Vous, à trois jours, pour se voir con-
damner à reparation d'honneur envers les Pour-
ceaugnacs passez, presens & futurs, tant des
affronts reçûs, que de ceux qu'ils recevront. A
quoi je conclus.

PLUTON à *Moliere.*

Répondez.

MOLIERE.

Hé Monsieur de Pourceaugnac! Quel sujet
avez-vous de vous plaindre de moi? Si vous
preniez bien les choses, ne me loüeriez-vous
pas, au lieu de me blâmer, d'avoir rendu vôtre
Nom aussi celebre que j'ai fait? Car dites-moi
un peu; Ne vous ai-je pas deterré du fond du
Limousin, & à force de tourmenter ma cervel-
le, ne vous ai-je pas amené dans la plus illustre
Cour du Monde? Raisonnons un peu de bonne

s v

foi ; Ne m'avez-vous pas quelque obligation de vous avoir fait faire un si beau voiage ?

POURCEAUGNAC.

Hé.... oüi.

MOLIERE.

N'est-ce pas moi qui vous ai fait connoître ?

POURCEAUGNAC.

D'accord.

MOLIERE.

Ne vous a-t'on pas vû avec beaucoup de plaisir ?

POURCEAUGNAC.

Cela est vrai, car chacun rioit dés qu'on me voïoit.

MOLIERE.

Vous a-t'on jamais banni des lieux publics ?

POURCEAUGNAC.

Au contraire, on y donnoit de l'argent pour me voir.

MOLIERE.

Et enfin n'ai-je pas rendu vôtre nom immortel par tout vôtre roïaume ?

POURCEAUGNAC.

Et comment immortel ?

MOLIERE.

Comment ? Et dés qu'il arrive en France quelqu'un qui ait tant soit peu de vôtre air, de vos gentillesses, & de vos petites façons de faire, fut-ce un Prince, ne dit-on pas ; Voilà un vrai Pourceaugnac ? Et n'est-ce pas un honneur considerable pour vous, & pour vôtre Province, que vôtre nom quelquefois puisse servir d'une qualité aux gens de la plus haute Naissance ?

POURCEAUGNAC.

Il a quelque raison au fonds;

MOLIERE.

Hé, prenons toûjors les choses du bon côté ;
N'allons point envenimer les intentions, & cro-
ïons tout à nôtre avantage : Je n'ai jamais rien
fait qu'à vôtre honneur & gloire, & serois bien
fâché, Monsieur de Pourceaugnac, que les choses eussent tourné autrement.

POURCEAUGNAC.

Ma foi, aprés tout je pense en effet que j'ai
tort de m'être faché contre lui. Qui diantre sont
les sottes Ombres aussi qui s'avisent de me mettre des fariboles dans la tête ? Allez, vous êtes
des bêtes : Monsieur est une honnête Ombre, qui
a pris la peine de me faire connoître, & vous ne
sçavez pas prendre les choses du bon côté. Monsieur, je suis fâché de tout ceci, & je vous demande pardon pour les Ombres de Limoge. Je suis
vôtre valet, tout à vous, vôtre serviteur & vôtre
ami. Je vais chercher mon cousin l'Assesseur, &
mon Neveu le Chanoine, afin que nous beuvions
ensemble quelques verres d'oubli, pour ne nous
plus souvenir du passé.

MOLIERE.

Adieu, Monsieur de Pourceaugnac.

PLUTON.

Messieurs, il est tard, & je vais lever le siege.

SCENE XI.

MADAME JOURDAIN, PLUTON MOLIERE, CARON, RADAM.

MINOS.

Me. JOURDAIN *toute essouflée.*

Justice, justice, justice, justice, justice.

PLUTON.

Qui est-ce encore? Je ne veux plus entendre personne, & je suis las de tant d'impertinentes plaintes. Pourquoi l'as tu laissée entrer?

CARON.

Elle a forcé la porte.

PLUTON

Prens donc bien garde aux autres . & qu'il n'en entre plus. Je n'ai jamais tant vû de Canailles en un jour. Çà ; que demandez-vous?

Me. JOURDAIN *d'un air chagrin & brusque.*

Ce que je n'aurai pas.

PLUTON.

Que vous faut-il? hé !

Me. JOURDAIN.

Il me faut ce qui me manque.

PLUTON.

Quelle nouvelle espece est-ce encore ici? Dites-nous donc ce que vous avez?

Me. JOURDAIN.

J'ai la tête plus grosse que le poing, & si je ne
l'ai pas enflée.

MOLIERE.

Ah ! c'est Madame Jourdain, je la reconnois:
Et comment êtes-vous ici , Madame Jourdain?

Me. JOURDAIN.

Sur mes pieds comme une Oie.

PLUTON.

Ah quelle Femme !

MOLIERE.

Vous venez vous plaindre de moi, n'est-ce pas,
Madame Jourdain ?

Me. JOURDAIN.

Camon ; j'aurois beau me plaindre , beau me
plaindre j'aurois.

PLUTON.

Encore ?

MOLIERE.

Madame Jourdain est un peu en courroux.

Me. JOURDAIN.

Oüi , Jean Ridoux.

PLUTON.

Courage. Hé bien , qu'avez-vous à me dire ?

Me. JOURDAIN.

Oüi, qu'avez-vous à me frire ?

PLUTON.

Diable soit la Masque ! Que l'on me l'ôte d'i-
ci , & que d'aujourd'hui personne ne me parle.
Je suis las de tous ces Extravagans, & me voilà
dans une colere que je ne me sens pas. Qu'est-ce
encore ? Qu'y a-t-il ? Que veut-on ? Serai-je
toûjours troublé , persecuté , accablé d'affaires ?
Hé , quelle misere est ceci ! A-t-on jamais vû
un Dieu plus fatigué que moi ?

Pluton se leve de son Tribunal.

SCENE XII.

CARON, PLUTON, MINOS

RADAMANTE.

CARON.

Grand Roi....

PLUTON *marchant en colere.*

Non, je croi que tout cet embarras me fera
renoncer à mon empire.

CARON.

Ce sont....

PLUTON.

Quoi, sans repos !

CARON.

Il y a....

PLUTON.

Sans plaisir !

CARON.

Ce sont....

PLUTON.

Sans relâche ! Non je ne veux plus rien entendre. Que tout soit renversé, bouleversé sans
dessus dessous, je n'écoute personne ; Qu'on ne
m'en parle plus.

CARON.

Ce sont des Medecins qui viennent d'arriver,
& qui voudroient vous demander un moment
d'audiance.

PLUTON.

Des ?

CARON.

Des Medecins.

PLUTON *courant se mettre sur son Tribnal.*

Des Medecins ! Ho ! qu'on les fasse entrer: Ce sont nos meilleurs Amis ? Qu'ils viennent, qu'ils viennent : D'honnêtes gens à qui je dois trop pour leur rien refuser. Ils ont augmenté le nombre de mes sujets , & je leur en dois sans doute une ample reconnoissance. Mais les voici.

SCENE XIII.

QUATRE MEDECINS, PLUTON, RADAM!

MINOS, MOLIERE,

CARON.

MOLIERE.

HA, voici de mes gens. Ecoutons-les parler, & puis nous répondrons.

PLUTON.

Messieurs, soïez les bien venus. Vous visitez un Prince qui vous honore fort ; je sçai toutes les obligations que je vous ai ; & que dans ce vaste empire des Morts vous pouvez vous vanter avec raison d'y avoir aussi bonne part que moi : Aussi en revanche de vos bons & fidelles services, je ne prétens pas vous rien refuser. Demandez seulement.

1. MEDECIN.

Grand Monarque des Morts, vous voïez ici la fleur de vos plus fidelles Pensionnaires.

2. MEDECIN bredoüillant.

Jamais nous n'avons laissé échaper la moindre occasion de vous donner des marques de nôtre obeïssance & fidelité.

PLUTON.

J'en suis persuadé. L'Opium, l'Emétique, &

la Saignée m'ont rendu témoignage que vous m'a-
vez fidellement servi.

3. MEDECIN.

Nous avons fait nôtre devoir.

PLUTON.

Beaucoup de Gens sont venus ici de vôtre part,
qui m'en ont assuré.

4. MEDECIN.

C'est avec plaisir que l'on sert un si grand Monarque.

PLUTON.

Je vous suis obligé, & j'ai bien de la joie de
vous voir. Ce n'est pas que vous ne m'eussiez été
encore un peu necessaires là-haut , & j'ai eu quelque chagrin quand les Parques m'ont dit que
vous veniez ici : Mais je m'en suis neanmoins
consolé, lors que j'ai appris que vous aviez laissé
de grands enfans qui sçavoient assez bien leur
métier , & que même il étoit déja venu ici quelques Morts de leurs amis, qui en avoient fait
une experience fort raisonnable. Mais que sou-
haitez-vous de moi ?

3. MEDECIN.

Nous venons vous demander justice d'un Te-
meraire qui pretend traiter la Medecine d'Impo-
sture , & de Charlatanerie.

PLUTON.

C'est donc quelqu'un qui la connoît.

4 MEDECIN.

C'est une rage sans fondement, une simple
avidité de tout satirizer , & une animosité enve-
nimée par la seule envie d'écrire, & de former
des Cabales contre nous.

MOLIERE à part:

Je vous confondrai dans peu, superbes Imposteurs.

3. MEDECIN.

Il s'eſt méme déja gliſſé juſques dans ces lieux une médiſance ſecrete qui nous regarde. Tous les Morts ſemblent ſe liguer contre nous ; Il leur échappe des Satires picquantes, & des injures calomnieuſes contre les Medecins ; & nous venons ici, Grand Monarque, vous remontrer humblement, de la part de nôtre illuſtre Corps, de quelle importance il eſt, pour l'accroiſſement de vôtre Empire, que vous reprimiez l'audace & l'inſolence de tous ces Morts.

PLUTON.

On apprendra à vivre à ces Morts-là. J'entens & je pretens qu'on vous regarde comme les plus fermes appuis de mon Etat. Mais qui ſont ces Morts-là qui ont l'impudence d'aller gâter vôtre Métier ? Nommez, nommez-les moi ; J'en veux faire un bon exemple.

4. MEDECIN.

C'eſt un nombre infini de petits Eſprits qui ſe ſont laiſſez emporter au torrent, & qui n'ont pouſſé leurs plaintes que comme les Echos qui repetent les peines des autres ſans les avoir ſenties. Mais c'eſt à l'Auteur de nos maux que nous en voulons ; c'eſt à celui qui comme un nouveau Caton, s'eſt venu déchainer contre nous, & qui aprés le mépris évident qu'il a fait de nôtre illuſtre Corps, a pouſſé ſon audace encore juſqu'à nous tourner en Ridicules, en nous rendant la fable & la riſée du public. C'eſt cette Ombre, en un mot, cet inſolent Fleau de nôtre Faculté, dont nous vous demandons une vengeance authentique.

PLUTON.

Répondez.

MOLIERE.

· C'est donc à moi à qui vous en voulez, Messieurs; Vous demandez vengeance du mépris que j'ai fait de vôtre illustre Corps: Je vous ai tournez en Ridicules, je vous ai rendu la fable & la risée du public. Hé bien, il faut répondre, & tracer plus naturellement vos traits, afin de vous bien faire connoître. Pluton, je jure ici par le respect que je te dois, que ce n'est point contre ce grand Art de la Medecine que je prétens me déchaîner. J'en adore l'étude, j'enrevere la judicieuse pratique, mais j'en abhorre & déteste le pernicieux & méchant usage qu'en font par leur negligence des Fourbes ignorans, que la seule Robe fait appeller Medecins; & ce n'est qu'à ceux qui abusent de ce nom que je vais répondre.

PLUTON.

Ah! voici une conversation raisonnable celle-ci.

MOLIERE.

Imposteurs! qui peut mieux prouver vôtre ignorance, & l'incertitude de vos projets, que vos contrarietez perpetuelles? Vous trouvez-vous jamais d'accord ensemble? & jusqu'à vos moindres Ordonnances, a t-on jamais vû un Medecin suivre celle de l'autre,, sans y ajoûter ou diminuer quelque chose? Quant à leurs opinions, elles sont encore plus differentes que leurs pratiques. Les uns disent que la cause des maux est dans les humeurs; les autres dans le sang. Quelques-uns, par un pompeux galimathias, l'imputent aux atomes invisibles, qui entrent par les pores. Celui-ci soûtient, que les maladies viennent du défaut des forces corporelles: Celui-là, qu'elles procedent de l'in-

égalité des élemens du corps , & de la qualité de
l'air que nous respirons , ou de l'abondance , cru-
dité , & corruption de nos alimens. Ah que cette
diversité d'opinions marque bien l'ignorance des
Medeçins ! mais encore plus la foiblesse ou la te-
merité des Malades qui s'abandonnent aux agi-
tations de tant de vents contraires !

PLUTON *aux Medecins.*

Messieurs , hé ?

MOLIERE.

Ce qu'ils ont de plus unanime dans leur Ecole , & où ils s'entendent le mieux , c'est que tous
tant qu'ils sont nous assurent que dans la com-
position d'une Medecine , une chose purge le
cerveau , celle-ci échauffe l'estomac , celle-là
rafraîchit le foie , & font partir un Breuvage
à bride abbatuë , comme si dans ce mélange
chaque Remede portoit son Etiquette , & que
tous n'allassent pas ensemble sejourner au même lieu. Il faut que ces Messieurs soient bien assu-
rez de l'obeïssance & de la sagesse de leurs Dro-
gues, Car enfin, si par mégarde l'une alloit prendre
le chemin de l'autre, & que la partie qui doit être
échauffée vint par méprise à être refroidie, voïez
un peu où le pauvre malade en seroit.

PLUTON.

Messieurs , hé ?

MOLIERE.

Mais quoi , les Imposteurs abusant de l'occasion , usurpent éfrontement un authorité ty-
rannique sur de pauvres Ames affoiblies &
abattuës par le mal, & par la crainte de la mort.
Ils prennent si bien leur avantage de nos foi-
blesses , que de nôtre avû même , dans ce dan-
gereux moment, ils hazardent éfrontement aux

dépens de nos vies toutes les épreuves que leur suggerent leurs ambitieuses imaginations. Le Scelerats osent tout tenter, sur cette confiance que le Soleil éclairera leurs succez, & que la Terre couvrira leurs fautes.

PLUTON.

Messieurs, hé ;

MOLIERE.

Il me souvient ici, avec quelque douleur, de la foiblesse d'un de mes Amis qui s'étoit sottement confié par leurs noires seductions à l'experience d'un Remede. Deux heures après l'avoir pris, le Medecin qui l'avoit ordonné, luj en vint demander l'effet, & comme il s'en étoit trouvé. J'ai fort sué, lui répondit le Malade. Cela est bon, dit le Medecin. Trois heures ensuite, il lui vint demander comment il s'étoit porté depuis. J'ai senti, dit le Patient, un froid extrême, & j'ai fort tremblé. Cela est bon, poursuivit le Charlatan. Et sur le soir, pour la troisiéme fois, il revint s'informer encore de l'état où il se trouvoit. Je me sens dit le Malade, enfler par tout, comme d'hydropisie. Tout cela est bien, répondit le Bourreau. Le lendemain j'allai voir ce pauvre Malade ; & lui aïant demandé en quel état il étoit : Helas ! mon cher Ami, dit il, en rendant le dernier soûpir à force d'être bien, je sens que je me meurs. Ah ! m'écriai-je alors tout percé de douleur, qu'heureux sont les Animaux que la simple Nature sçait guerir sans le secours de leurs Consultations ! Que l'être brutal seroit à souhaiter, quand on devient malade ! Mais aussi qu'il seroit à craindre, s'il se trouvoit autant de Medecins parmi les Bêtes, que de Bêtes parmi les Medecins !

PLUTON.

Messieurs ?

MOLIERE.

Qu'ils se plaignent maintenant de moi , & que ton équité, Grand Monarque, paroisse dans tes Jugemens.

SCENE DERNIERE.

CARON, LES OMBRES, PLUTON, RADAMANTE, MINOS, MOLIERE.

CARON.

OH! je n'y puis plus tenir. Depuis que je conduis la Barque, je n'ai jamais tant vû de Morts pour un jour ; & si vous n'y venez donner ordre, je ne sçai pas ce que nous en ferons.

PLUTON.

Comment, nous avons donc bien des gens ?
CARON.
Tout créve à la porte.
PLUTON.
Puisque nous avons tant de Morts ici-bas , il faut qu'il y ait encore bien des Medecins là-haut. Mais qu'ils attendent à un autre jour, je ne juge d'aujourd'hui, & voici ma derniere Sentence. Retirez-vous un peu, que je prenne les opinions. Minos, qu'en dis-tu ?

MINOS.

Moi ? Que cette Ombre est de bon sens, & qu'elle merite bien quelque jugement avantageux.

RADAMANTE.

Il n'y a qu'honneur à juger en sa faveur.

PLUTON.

J'en demeure d'accord ; mais aussi les obligations que nous avons à ces Messieurs m'embarassent ; & je croi qu'un Arbitrage conviendroit mieux à cette affaire, qu'un jugement dans les formes. Ne trouvez-vous point à propos de leur proposer un accommodement ?

MINOS.

Hé, oüi-da., car il est vrai que nous avons quelque mesure à garder avec la Faculté.

RADAMANTE.

Je suis de cet avis.

PLUTON.

Je m'en vais leur parler. Cà, Messieurs ; Qu'ét-ce ? N'y a-t-il pas moïen de vous repatrier ? Je vois de part & d'autre que les raisons peuvent subsister ? D'accord ; mais à les bien peser, entre nous, la Balance panchera de son côté ; & sans l'alliance jurée entre nous, franchement, Messieurs, vous seriez tondus. C'est pourquoi si vous m'en croïez, tâchez de vous accommoder ensemble ; & pour faciliter l'affaire, j'aime mieux relâcher de mes interêts, & consentir que vous m'en envoyiez quelques millions de Morts moins qu'à l'ordinaire.

LES MEDECINS.

Quoi ! nôtre Ennemi juré ? Non, non....

PLUTON.

Ho, ho, Messieurs, si vous n'étes contens, prenez des Cartes. J'y perds plus que vous, & si je ne me plains pas.

LES MEDECINS.

Quoi, Pluton....

PLUTON.

Quoi ! vos Ombres temeraires m'ofent repli-
quer, moi, qui puis vous faire évanoüir d'un
fouffle feulement.

LES MEDECINS.

Nous demandons juſtice, juſtice.

PLUTON.

Encore ? Ah je m'en vais fouffler. Fu, fu.
Mais il eſt tems de prononcer
En quel endroit je dois placer
Ton Ombre avecque ta Memoire.
Que la Poſterité t'en choiſiſſe le lieu;
Et tandis qu'elle ira travailler à ta Gloire,
Entre TERENCE ET PLAUTE occupe le milieu.

On fait un Carillon avec des Cloches qui s'ac-
cordent avec les Violons.

CARON.

Meſſieurs, Pluton fe va coucher; fon Bonnet
de nuit l'attend; Vous avez oüi la retraite.
Bon-foir.

FIN.

De l'Imprimerie de D. DESCLASSAN,
Imprimeur de l'Univerſité,
& Marchand Libraire.

www.ingramcontent.com/pod-product-compliance
Lightning Source LLC
Chambersburg PA
CBHW061705180626
46818CB00003B/1269